Es ist doch möglich:
Vom armen Waidlersbuam zum kleinen Millionär!

Herbert Liebl

Es ist doch möglich:
Vom armen Waidlersbuam zum kleinen Millionär!

Bibliografische Information der Deutschen Nationalbibliothek
Die Deutsche Nationalbibliothek verzeichnet diese Publikation
in der Deutschen Nationalbibliografie; detaillierte bibliografische
Daten sind im Internet über http://dnb.d-nb.de abrufbar.

© 2014 Herbert Liebl
Umschlagdesign, Satz, Herstellung und Verlag:
BoD – Books on Demand
ISBN 978-3-7357-2626-1

Geboren wurde ich im Dreiburgenland im südlichen Bayerischen Wald als achtes von zehn Kindern.

Wir wuchsen in ärmlichen Verhältnissen auf, hungern mussten wir trotzdem nicht.

Wir aßen Kartoffeln aus eigenem Anbau, im Winter wurden ein oder zwei Schweine geschlachtet. Das Fleisch wurde zum Teil geräuchert, um es haltbar zu machen, es gab ja keinen Kühlschrank, auch in Dosen oder Weckgläsern legte man das Fleisch ein. Zu dieser Zeit wurden Schweine sehr fett gefüttert, nicht selten wogen die Schlachttiere bis zu 200 Kilogramm. Eine Speckschicht von fünf Zentimetern war normal. Der Speck wurde teils ausgelassen und zum Backen und Braten verwendet.

Die Menschen arbeiteten ja sehr schwer und lebten genügsam, Fleisch, das meist sehr fett war, gönnten sie sich in der Regel nur am Sonntag.

Heutzutage schneiden viele Leute selbst beim Schweinebraten alles Fett weg.

Ich erinnere mich an einen Sonntag in meiner Kindheit, vom Kirchgang zu Hause angekommen, sagte die Mutter: „Jetzt geht es ans Kochen, es gibt Schweinebraten mit Teigknödeln." Da schlug ich der Mutter vor: „Warum machst du keine Reiberknödel, die wären mir lieber?!" Mutter antwortete: „Das ist zu viel Arbeit, das geht nur, wenn du die Kartoffeln schälst", worauf ich eifrig an die Arbeit ging und einen Eimer voll schälte mit der Vorfreude auf mein Leibspeisessen. Manchmal verputzte ich fünf, auch mal sechs Knödel.

Auch das Sauerkraut stammte aus eigener Landwirtschaft. Wir Kinder mussten den Kohl im Krautstein nach dem Hobeln barfuß eintreten. Die Krautköpfe wurden einige Tage vorher in die Stube gebracht, damit sie Zimmertemperatur erreichten und sich besser hobeln ließen und wir nicht so kalte Füße beim Einstampfen bekamen. Das sah immer lustig aus, wenn sich in der halben Stube Krautköpfe bis zur Decke türmten. Natürlich mussten wir uns vor dem Stampfen die Füße sauber waschen.

Mehlsuppe mit gekochten Kartoffeln und altem Brot eingebröckelt gehörte zu den Hauptspeisen.

Gut erinnern kann ich mich auch noch an andere Gerichte: Wenn es Kartoffelbrei gab, stellte Mutter eine volle Schüssel auf den Tisch, aus der alle aßen, und legte ein Stück Butterschmalz auf das Püree. Auf dem heißen Püree schmolz die Butter. Vater zog dann eine Rinne durch die Stampfkartoffeln, damit das Fett auf seine Seite lief.

Brot gebacken im eigenen Backofen wurde immer

erst, wenn noch zwei oder drei Laibe da waren, damit ja kein frisches angeschnitten werden musste, das appetitliche, knusprige Brot wäre zu schnell gegessen worden. Die Mutter sagte immer: „Von dem frischen Brot kriegt ihr Bauchweh, esst das alte."

An Butter mangelte es manchmal, da wir nur vier Kühe besaßen und während der Kriegszeit Milch abliefern mussten. Die Kühe gaben damals auch nicht so viel Milch, da Stroh unters Heu geschnitten wurde, um das Heu zu strecken, nahrhaftes Kraftfutter bekamen die Kühe nicht. Oft wurde in den Buchenwäldern Laub zum Einstreuen in den Kuhstall zusammengerecht, weil das vorhandene Stroh für die Strohsäcke zum Schlafen, die im Jahr meist zweimal neu gestopft und gewechselt wurden, und zum Verfüttern gebraucht wurde.

Mit dem Reishaken riss man damals von den Bäumen die dürren Äste ab, um Brennholz zu gewinnen. Wenn ein Baum umgesägt wurde, wurden hinterher auch die Wurzelstöcke ausgegraben, was immer Kinderarbeit war und uns Buben tagelang beschäftigte. Brennholz war ja rar, da die Stämme für Nutzholz verwertet wurden. Wenn man heute so durch die Wälder zieht, etwa beim Schwammerlsuchen, was immer noch eine große Leidenschaft von mir ist, kommt einem das Grausen – alles bleibt liegen, man kann kaum noch unbeschwert durch den Wald gehen. Der Waldprophet Matthias Stormberger, der im 18. Jahr-

hundert im Bayerischen Wald als Viehhirte lebte, sagte einst: „Wenn der Wald einmal aussieht wie ein Bettelmann, dann ist die Zeit gekommen."
Auch Hühner hielten meine Eltern.

Am meisten genossen wir Kinder die Freiheit, wenn wir zum Baden und im Herbst zum Schwammerlsuchen gehen durften. Im Winter frönten wir dem Eisstockschießen. Wir, meine drei Brüder und ich, mussten vorher eine Tagesration Brennholz schneiden, natürlich mit der Handsäge, da wir zu dieser Zeit noch keinen Strom für z.B. eine Kreissäge hatten. Ich kann mich noch sehr gut an den Tag erinnern, als wir ans Stromnetz angeschlossen wurden: Alle saßen um den Tisch und starrten auf die aufleuchtende 25-Watt-Lampe. Vorher erhellten ja nur Karbid- oder Öllampen die Stuben.

Wir besaßen auch Skier, meist selbst gefertigte, später stellte der Schreiner die Skibretter her. Die Bindung bastelten wir uns selber aus alten Fahrradmänteln und Lederriemen. Mit diesen konnte man natürlich nur Schuss fahren, es machte aber trotzdem Spaß. Inzwischen braucht man für jede Sportart, ob Radfahren, Tennis, Wandern, Jogging usw., eine spezielle Kleidung, sonst fällt man auf und ist unmodern.

Ich kann mich noch gut erinnern, wenn im Winter der Böhmschuhmacher auf Stör kam und für alle, vom Kleinsten bis zu den Eltern, Böhmschuhe

(Holzschuhe) schnitzte, die dann auf die Ofenmauer zum Trocknen gestellt wurden. Im Winter befestigten wir Buben gerne gebogene Drähte auf den Sohlen, um auf dem Eis „schlittschuhlaufen" zu können, da konnte es passieren, dass mal ein Böhmschuh auseinanderbrach, dann schimpften unsere Eltern! Mit diesen Böhmschuhen gingen wir zur Schule und in die Kirche, Lederschuhe konnten wir uns nicht leisten. Sobald der Schnee geschmolzen war, liefen wir barfuß.

Auch die Schneiderin (Nahderin) kam manchmal auf die Stör. (Stör bedeutet „Handwerk im Haus der Kunden um Kost und Tagelohn".) Sie flickte alte Kleider, nähte aber auch neue, wenn Stoff vorhanden war und das Geld ausreichte. Auch der Haferlflicker ging zu dieser Zeit von Haus zu Haus und reparierte altes Geschirr wie Töpfe, Pfannen, Schüsseln so lange, bis sie nicht mehr brauchbar waren. Die Löcher verschraubte er, meist mit zwei Blechscheiben und Asbest dazwischen.

Gar nicht gefallen hat mir das Führen der Kühe (Mehn) beim Ackern.

Als ich acht oder neun Jahre alt war, bekam ich von einer Tante ein kleines Taschenmesser mit Kette geschenkt. Es bereitete mir die größte Freude und ich hielt es sehr lange in Ehren. Wenn man die heutigen Kinder betrachtet, so erhalten sie Geschenke im

Überfluss und wissen diese kaum noch zu schätzen. Genauso verhält es sich beim Essen, alles ist im Überfluss erhältlich und wird kaum mehr wertgeschätzt.

Meine Mutter hatte keinen Babysitter. Mutterschutz kannte man damals nicht, auch kein Kindergeld. Einen Tag nach der Geburt ging es wieder an die Arbeit. Heute erhalten die Familien Elterngeld und nicht nur die Frauen, sondern auch die Väter nehmen Elternauszeit. Wenn Heuwetter war, standen Vater und Mutter um drei Uhr auf zum Grasmähen mit der Sense, da das Gras noch betaut und leichter zu mähen war. Wenn die Kleinsten wach wurden, nahm die Mutter sie in einem Korb mit aufs Feld.

Wenn beim Brotbacken ein Mehlsack leer wurde, staubte die Mutter die Reste im Stadel unters Futter, damit ja nichts verloren ging, im Gegensatz zu heute, wo so vieles weggeschmissen wird, was vermeintlich nicht mehr brauchbar ist. Es existierte auch kein Haltbarkeitsdatum, da wurde einfach nach Aussehen und Geruch entschieden. Heute werden noch zum Verzehr geeignete Lebensmittel einfach in den Müll geworfen, wenn oder bevor das Haltbarkeitsdatum abgelaufen ist, man kann ja wieder neue kaufen.

Meine Eltern waren tiefgläubig und das Rosenkranzbeten an den Freitagen war Pflicht, für uns Kinder aber langweilig. Genauso wie der Kirchgang am Sonntag. Geredet wurde dabei nicht viel. Einmal sagte meine

Mutter auf dem Weg zur Kirche zum Vater: „Der Weizen steht schön", auf dem Rückweg meinte der Vater: „Und das Korn auch" (Roggen). Wahrscheinlich nur durch diese Tiefgläubigkeit konnten sie ihr hartes, arbeitsreiches Leben bewältigen und ertragen.

Oma beim Waschen auf dem Ribbelbrett

Keine Waschmaschine erleichterte meiner Mutter den Alltag, gewaschen wurde im Waschkessel, wo sie die Wäsche kochte und dann auf dem Ribbelbrett so lange rubbelte, bis sie sauber war. Zum Bügeln benutzte sie ein Holzkohlebügeleisen. Auch keine Haushaltshilfe half meiner Mutter mit der Landwirtschaft, dem Kühefüttern, Melken, Waschen und Kochen. Ihr Arbeitstag erstreckte sich meist bis tief in die Nacht.

Mein Vater setzte meist im Herbst Wein von Johannisbeeren, Stachelbeeren, Hagebutten und Schlehen im Ballon an, der aber nie reif wurde vor lauter Probieren. Es passierte auch, dass der Vater ins Wirtshaus ging und manchmal, wenn es lustig wurde, sitzen blieb, damals gab es aber das Dünnbier (Schöps genannt). Dann hatte die Mutter die ganze Stallarbeit alleine zu verrichten und schimpfte: „Heute geht er wieder gar nicht heim."

In den Wintermonaten band der Vater Reisigbesen, besserte Werkzeuge wie Rechen, Axt, Schaufelstiele usw. aus. Dazu wurde die Heinzelbank (eine Art Werkbank) in die Stube gestellt, denn all diese Arbeiten spielten sich in der Stube ab, die ja der einzige Raum war, der beheizt wurde. Beide Eltern waren stets beschäftigt und in Bewegung, Jogging oder Fitnesscenter brauchten sie nicht.

Im Tal (Schlirn genannt), wo ein kleines Wässerchen rann, zogen die Bauern im Frühjahr Gräben, um frühzeitig Grünfutter für die Kühe zu haben, so wurden diese Wiesen eher grün. Heute sind dort drei Fischteiche angelegt. Wir Buben bauten uns an diesem Bächlein gerne kleine Wasserräder zum Spielen und Zeitvertreib.

Nach dem Krieg hieß es: „Kauft Kunstdünger, um mehr Milch zu erzeugen." Wie gedankenlos geht man dagegen heute mit Nahrungsgütern um. Lebensmittel wie Weizen, Mais usw. werden für die Herstellung von Benzin, Biogas und anderem verwendet, statt sie an Bedürftige zu geben, weil Autofahren offenbar wichtiger ist als das Leben hungernder Menschen.

Bei der Getreideernte

Wenn im Herbst das Getreide reifte, wurde es mit der Sense gemäht und zu Garben gebunden, danach auf dem Feld zu Böcken aufgestellt, das ging so: Die erste Garbe wurde in der Mitte abgeknickt, auf den Boden gestellt, weitere Garben im Kreis herum, an acht Stück etwa, angelehnt, zum Schluss wurde wieder eine Garbe abgeknickt, als Hut draufgesetzt, so konnte das Regenwasser ablaufen. Nach etwa zwei Wochen, je nach Witterung, kam das Getreide in den Stadel zum Lagern. Im Herbst oder Winter, wenn weniger Arbeit anfiel, wurde es gedroschen, zu Anfang mit den Dreschflegeln, später, als wir schon Strom hatten, mit einer Häckselmaschine. Das so angefallene Getreide war mit Spreu vermischt und musste daher mit der Windmühle (Aspirateur) gereinigt werden. Zu den größeren Bauern oder Landwirten, die es sich leisten konnten, kam, während oder nach der Ernte, die genossenschaftliche Dampfmaschine, mit dem Dreschwagen angehängt, gezogen von Pferden oder Ochsen, zum Dreschen, wobei die ganze Nachbarschaft mithalf, auch die Kinder wurden zum Spreu-(Fleigen-)Wegtragen eingespannt. Wenn die Arbeit getan war, waren alle zur Dreschersuppe mit Essen, Trinken und allem möglichen Klamauk zum Tanz eingeladen. Wie zur heutigen Zeit Getreide geerntet wird, weiß ja jeder, der im Herbst durchs Land fährt.

Nach dem Krieg nahmen die Kinder an der Schulspeisung teil, aber wir bekamen sie nicht, weil meine Eltern eine Landwirtschaft hatten, es fiel schwer, den anderen Schülern beim Kakaotrinken zusehen zu müssen.

Zu Weihnachten schmückten wir immer einen Christbaum, den wir natürlich aus dem benachbarten Wald holten. In dieser staaden (stillen) Zeit spielte der Vater manchmal auf der Mundharmonika, wir genossen sein Spiel sehr und hörten aufmerksam zu. Fernseher kamen erst viel später auf. Einmal bekam ich zu Weihnachten einen Zug aus Holz, der aber im Frühjahr wieder verschwand, um zum nächsten Weihnachtsfest neu angestrichen wieder aufzutauchen.

Das Federschleißen im Winter hasste ich, es musste aber sein, weil wir Gänse hielten und die Federn für die Betten gebraucht wurden. Die Gänse aßen wir aber nicht selber, sondern verkauften sie zu Weihnachten an Geschäftsleute in Tittling, um etwas Geld zu bekommen.

Eines Tages in der Früh stand eine ältere Frau aus dem vier Kilometer entfernten Unteranschießing vor unserer Stalltür, barfuß, mit dem Schubkarren, und fragte meinen Vater: „Ich fahre nach Passau zum Saumarkt (circa 30 Kilometer weit entfernt), soll ich dir auch ein Ferkel mitbringen?" Man muss sich vorstellen, die Strecke maß hin und zurück circa 60 Kilometer.

Am Tag vor Kriegsende lebten meine Eltern in der Angst, dass das Haus von den Amerikanern niedergebrannt werden könnte, und sie brachten noch drei Laibe Brot aus dem Haus und versteckten diese auf der Wiese neben dem Gehöft für alle Fälle. Wir liefen gemeinsam in den Wald, um uns vor den

Luftaufklärern die uns verfolgten zu verbergen. Es ist aber alles gut gegangen, wir wurden nicht erwischt.

Genau erinnern kann ich mich noch an den Augenblick, als zu Kriegsende die Amerikaner durch den Ort marschierten. Wir Buben sind einige Kilometer weit mitmarschiert. Ich habe sie sogar geschimpft, weil sie mit ihren Fahrzeugen ohne Rücksicht quer durch die Getreidefelder zogen und alles niederwalzten.

Als der Krieg vorbei war und die Lage sich etwas beruhigt hatte, gingen wir Buben auf die Suche nach Brauchbarem und fanden unter anderem auch alte Autoreifen, aus denen wir uns Sandalen bastelten, die bequemer waren als die Böhmschuhe.

Als Besatzer waren die Amerikaner auch auf dem Land einquartiert und sie nahmen die deutschen Gesetze nicht so ernst. Sie gingen zum Zeitvertreib in den Wäldern auf die Jagd, wie es ihnen passte, und schossen auch Rehe, die junge Kitze hatten, und so konnte es passieren, dass wir Kinder junge Rehe fanden und diese mit nach Hause nahmen und großzogen. Diese wurden so zahm, dass sie überall mitliefen, wo wir hingingen, auch in den Wald, ohne wegzulaufen, wie ein treuer Hund. Irgendwann in der Brunftzeit ist unser Rehbock in den Wäldern verschwunden, er hatte nun wahrscheinlich etwas Besseres zu tun.

Zum Fußballspielen benutzten wir einen selbst gebastelten Ball aus Leder oder Stoff, ausgestopft mit alten Lumpen, der war aber mehr eckig als rund.

Von der Schule wurde eines Tages ein Schulausflug zum Dreisesselberg geplant, jeder Schüler musste aber etwa 2,50 DM beisteuern. Als ich von der Schule heimkam und meiner Mutter davon berichtete, sagte sie sofort nein: „Wir haben kein Geld und können uns das nicht leisten." Darauf schmiss ich mich auf den Fußboden und schrie so lange, bis sie nachgab und meinte: „Na ja, irgendwie wird's schon gehen." Wo meine Eltern dann das Geld herbekamen, blieb mir verborgen.

Um ab und zu an etwas Geld zu kommen, habe ich im Herbst Schwammerl gesammelt und verkauft oder auf den Kegelbahnen Kegel aufgestellt, wofür ich je nach Arbeitszeit 20, 30 Pfennige bekam. Auch Seegras sammelten wir Buben, trockneten es und verkauften es an die Polstermöbelhersteller. Wir fingen auch Maulwürfe mit der Falle, zogen ihnen das Fell ab, spannten es auf ein Brett zum Trocknen und veräußerten es. Daraus wurden dann Pelzmäntel für die feinere Gesellschaft genäht. So kam immer wieder etwas Geld zusammen. Taschengeld kannten wir nicht.

Wenn im Frühling die Krähen ihre Nester in den Bäumen bauten, beobachteten wir Buben dies oft. Wir sahen, wie die Eier ausgebrütet wurden und die Jungvögel heranwuchsen.

Aufgrund unserer Erfahrung kannten wir den ungefähren Zeitpunkt, wann die Jungvögel flügge wurden. Wir kletterten dann auf den jeweiligen Baum, und es war uns keiner zu hoch. Mit einer Schnur banden wir die Jungvögel an den Füßen am Baum fest, damit diese von ihren Eltern länger geätzt (gefüttert) werden konnten. Wenn uns die Jungvögel groß genug erschienen, dann banden wir diese vom Baum los und nahmen sie aus dem Nest. Dann nahmen wir sie mit nach Hause, um den Speisezettel für unseren Vater aufzubessern.

Eines Tages, ich war zehn Jahre alt und genoss die Ferien, kam ein Nachbar zu meinem Vater und fragte: „Ich möchte einen Baum umschneiden, kannst du mir einen Buben leihen?" Mein Vater sagte ja und am nächsten Tag ging ich mit dem Nachbarn in der Früh mit Waldsäge, Axt, Schlegel und Keile ins Ilztal und wir sägten eine sehr große Fichte um. Das Ausasten und auf die richtige Länge schneiden dauerte den ganzen Tag. Bekommen habe ich dafür 5 DM, nicht gerade der heutige Mindestlohn, aber für mich als Kind bedeutete es viel Geld. Heute wird so ein Baum mit der Kettensäge von einem Mann in circa einer Stunde verarbeitet.

In der Nachbarschaft lebte ein älteres Ehepaar, von dem bekannt war, dass es hauptsächlich von Hundefleisch lebte. An den Festtagen versuchte das Paar an Katzenfleisch zu kommen, das war für die beiden eine Delikatesse, wie heute an Festtagen Gans oder Ente bei uns. Einmal, als ich neun oder zehn Jahre alt war, besuchten meine Brüder und ich das Ehepaar und es gab Gulasch zum Mittag, natürlich vom Hund, und ich wurde überredet mitzuessen, was ich auch tat, allerdings mit Widerwillen. Mit dem Hundefett backte die Frau dann Krapfen. Wir holten oft Knochen, die zerkleinert wurden, für die Hühner als Kraftfutter. Die Hühner waren so gierig auf das Knochenmark der Knochen, man musste aufpassen, dass man ihnen beim Zerkleinern der Knochen nicht den Kopf einschlug.

Beide Eheleute starben im hohen Alter von nahezu hundert Jahren, wahrscheinlich lag die Langlebigkeit an der gesunden Ernährung. Wenn ich heute so darüber nachdenke, schmeckte das damalige Gulasch nicht viel anders als das heutige vom Rind. Essen ist eben auch eine Kopfsache!

Wenn wir beim Baden waren (das Toben im Wasser macht ja bekanntlich hungrig), gingen wir manchmal zur Müllerin in die Schneidermühle und bettelten um ein Stück Brot, was diese auch nie verwehrte. Zu dieser Mühle gehörte auch ein Sägewerk. Die Baumstämme (Blöcher genannt) wurden auf der Ilz getriftet, vor dem Wehr (Wihr genannt) aus dem Wasser gezogen und aufgestapelt, dort legten wir uns gerne zum Sonnen drauf. Es waren viele Buben da,

Das schöne romantische Ilztal

die Mädchen hatten einen extra Strand, da Buben und Mädchen nicht zusammen baden durften. Unter uns gab es einen Jungen, der nicht schwimmen konnte, das wussten meine Brüder, und in der Gaudi warfen sie ihn ins Wasser. Sein jüngerer Bruder bekam Angst und fing an zu schreien: „Hans", so hieß der Gefoppte, „deine letzte Viertelstunde hat geschlagen!" Hans kämpfte um sein Leben und er konnte sich Gott sei Dank in Sicherheit bringen, es ist nichts passiert.

Einmal waren wir im Alteneder Weiher beim Baden, zum Aufwärmen und Sonnen streckten wir uns gerne auf dem Blechdach der Hammerschmiede aus, und ich sagte zum Nachbarbuben, Wegner Dieter hieß er: „Es war ein Dachständer mit Stromleitung auf dem Blechdach, da hat mein Bruder schon mal hingelangt." Er sagte: „Das mach ich auch", und tat es, leider war da Strom drauf und er blieb an der Stromleitung hängen, konnte nicht mehr loslassen, auch ich konnte ihn nicht mehr wegziehen. Daraufhin lief ich sofort in die dazugehörige Gastwirtschaft und holte Hilfe. Der Wirt rannte eilends ins Nachbargebäude, die Schleif genannt, wo sie den Strom selber erzeugten, und drehte die Sicherungen raus und mein Freund fiel käsebleich auf das Blechdach. Gott sei Dank erholte er sich aber schnell wieder. Zur damaligen Zeit wurde noch Strom gespart und dadurch stand die Leitung nicht unter voller Spannung, das war sein Glück, denn die Mutprobe hätte auch tödlich ausgehen können.

Auf dem Schulweg traf ich einmal den Kooperator (Mitarbeiter des Pfarrers). Als wir an einem Maisfeld vorbeigingen, sagte er: „Das ist ein schönes Maisfeld." Ich dachte mir, ist der dumm, der weiß nicht mal, dass das ein Kukuruzfeld ist. (So bezeichnet man im Bayerischen den Mais.)

Einmal als ich beim Schlittenfahren war, der Schnee war sehr nass, hatte ich Strümpfe aus Glasfasern an, von der Mutter gestrickt, die so einliefen, dass ich sie, als ich daheim war, nicht mehr ausziehen konnte und meine Mutter sie herunterschneiden musste. Man kann sich vorstellen, wie sie geschimpft hat.

Eines Tages war es so weit, die Schulzeit ging zu Ende und es schien, als ob der Ernst des Lebens beginnen sollte. Meine Mutter wollte, dass ich bei der Post eine Lehre beginne, dafür war das Zeugnis aber zu schlecht, ich hatte lauter Dreier. Meine Mutter ging zum Lehrer, nahm 10 Eier und ein Stück Rankerl (Geräuchertes) mit, daraufhin zerriss der Lehrer das Zeugnis und schrieb ein neues mit lauter Zweiern.

Es kam dann aber etwas anders. Unser Nachbar besaß eine Mühle, der sagte zu meinen Eltern: „Ein Verwandter, der auch eine kleine Mühle hat, sucht einen Lehrling." Die Lehre trat ich dann als 14-Jähriger im circa 30 Kilometer entfernten Schönberg an, und wieder war im Haus der Eltern ein Esser weniger am Tisch. Ab dieser Zeit war ich völlig auf mich gestellt und ich dachte mir: Vogel friss oder stirb. Pro Woche bekam ich 5 DM, wovon ich jede Woche das Fahrgeld zur Berufsschule im circa 60 Kilometer entfernten Passau aufbringen musste. Die Fahrt mit dem Postauto kostete 4 DM, um Geld zu sparen, lieh ich mir manchmal ein Fahrrad, um fünf Uhr ging es los, ohne Frühstück, ohne Brotzeit.

Um acht Uhr begann die Schule, in der Pause stand auf dem Schulhof ein Stand mit Leckereien wie Brezen, Semmeln, Hörndl und vor allem Bienenstich. Im Vorbeigehen drehte ich den Kopf weg nach rechts, die Augen gingen aber automatisch nach links zum Stand und zu dem Bienenstich, gekauft hab ich mir nie etwas. Womit denn auch? Heute noch kauft mir mein Sohn manchmal einen Bienenstich, den ich dann mit sehr viel Genuss esse. In der Mittagspause gingen die Müllersöhne in den Biergarten und labten sich an Schweinebraten und Bier und ich schaute mir das von außen an. Nachmittags radelte ich die 60 Kilometer mit leerem Magen wieder zurück zum Wohnort meiner Lehrstelle. Wenn ich Schuhe oder Kleidung brauchte, musste ich eben sparen, von den Eltern erhielt ich nichts, die hatten ja selber nichts und ich war auch zu stolz, um meine Eltern zu bitten. Ich wusste, ich muss es alleine schaffen.

Unvergesslich ist mir der harte Winter 1951/52. Wenn es richtig stürmte, stand der Schnee bis zu einem halben Meter hoch in meinem Zimmer, so undicht waren die Fenster. Aus der Mühle holte ich mir oft leere Getreidesäcke zum Zudecken, weil es so kalt war. Heizung gab es nicht. Unvorstellbar für heutige Verhältnisse. Zur damaligen Zeit wurde mit dem Holzofen ein einziger Raum beheizt, die anderen Räume blieben kalt. In der heutigen Zeit muss jeder Raum Tag und Nacht warm sein, und wenn die Heizkostenabrechnung kommt, wird gejammert.

Zuhause im Elternhaus machten wir uns manchmal Ziegelsteine im Holzofen oder nach dem Brotbacken im Backofen warm, die wir dann ins Bett auf den Strohsack legten, Matratzen und Wärmflaschen, so wie wir sie heute kennen, kannten wir nicht. Es kam auch vor, dass wir nach dem Brotbacken einen Laib Brot in ein Tuch wickelten und ins Bett legten zum Wärmen.

Im Jahre 1951 stellten die Bewohner zum 1. Mai im Ort den Maibaum auf. Ein Bursche aus dem Dorf und ich mussten ihn bewachen, damit ihn niemand stahl, was uns mit der Zeit langweilig wurde. Die Erwachsenen feierten unterdessen im Haus bei Bier und Brotzeit, da kam mir die Idee, wir sägen den Baum einfach an, was wir auch taten, dann rannten wir ins Haus zu den anderen und schlugen Alarm, mit dem Erfolg, dass wir auch zu Bier und Brotzeit kamen.

Im ersten Lehrjahr lud mich ein Onkel aus Sankt Oswald an einem Sonntag zu einem Bergausflug auf den Rachel ein, zwei Verwandte in meinem Alter aus Freising kamen mit. Auf dem Rückweg hielt uns der Onkel bei der Einkehr frei. Er bestellte einen Brotzeitteller mit Wurst und Käse, so gefüllt, dass ich die Portion hätte allein aufessen können, sie musste aber für vier Personen reichen. Daran sieht man, wie die Menschen damals sparen mussten. Wenn wir heute manchmal in die Wirtschaft zum Essen gehen und ich Eltern mit ihren Sprösslingen beim Speisekarten-Studieren zusehe, wie sie die Nase rümpfen, weil nichts nach ihren Wünschen dabei ist, denke ich oft an diesen Ausflug und an den Brotzeitteller.

An der Mitternacher Ohe, wo auch die Mühle meiner ersten Lehrstelle stand, die mit einem unterschlächtigen Wasserrad (unterschlächtig bedeutet, das Flusswasser strömt von unten auf das Wasserrad und treibt dieses an) angetrieben wurde, und der kleinen Ohe, die hier zusammenfließen, beginnt die Ilz. (Zur Ilz komme ich später noch.) Genau an dieser Stelle erhob sich eine ganz kleine Mühle mit nur einem Mahlgang, die von den Bewohnern der zwei kleinen Dörfer Ober- und Unterhüttensölden erbaut worden war. Hier konnte jeder Landwirt sein Getreide selbst nach seinen Wünschen vermahlen.

Als ich ins zweite Lehrjahr kam, war die Rede davon, dass die Mühle, in der ich die Lehre absolvierte, zumacht (es begann damals das Mühlensterben), daraufhin wechselte ich die Lehrstelle und setzte die Lehrzeit in einer Mühle in der Nähe von Pas-

Meine erste Lehrstelle

sau fort. Ab da ging es mir etwas besser, die Schule befand sich in der Nähe meiner Lehrstelle, der Chef steckte mir ab und zu ein paar Mark zu, wenn ich im Biergarten mithalf. Eine feste Arbeitszeit gab es zu der Zeit noch nicht. Mein Meister sagte, acht Stunden Schlaf reichen. Wenn auch nicht die ganze Zeit gearbeitet werden musste, die Mühle aber lief und es mussten Mehlsäcke abgehängt, Getreide nachgeschüttet werden. Wenn in der Mühle weniger Arbeit anfiel, musste ich im dazugehörigen Sägewerk oder in der Landwirtschaft mithelfen. Beim Essen haben alle aus einer Schüssel gegessen, das Besteck wurde danach an dem Leinentischtuch abgewischt und unter der Tischplatte in ein extra dafür vorhandenes Fach fürs nächste Mal abgelegt. Einmal sagte der Knecht beim Essen: „Jetzt habe ich schon wieder auf eine Eierschale gebissen", die Köchin, die auch am Tisch saß, meinte darauf: „Des gibt's nöt (nicht), da sind ja gar keine Eier drin."

Eines Tages kam ein Praktikant in die Mühle, ich war im dritten Lehrjahr. Er überredete mich, mit ihm in den Urlaub zu fahren, bis dahin kannte ich das nicht und hatte auch nie einen Tag Urlaub. Der Chef war sehr enttäuscht und entrüstete sich, was ich mir erlauben würde, während der Ernte Urlaub zu nehmen. Ich fuhr aber dann doch mit. Mit einem geliehenen Fahrrad und ohne Zelt ging es Richtung Königssee, immerhin circa 165 Kilometer. Unterwegs trafen wir zwei Studenten aus Altötting, die hatten ein Zweimannzelt dabei, in dem wir die erste Nacht am Königssee im Malerwinkel mitschlafen konnten. Verköstigt haben wir uns meist in auf dem Wege gelegenen Bauernhöfen mit Milch, Brot, manchmal erhielten wir etwas mehr. Dabei kam ich einmal in eine Stube, in der ein Grand (Steintrog) stand, zur Hälfte im Gang, die andere Hälfte in der Stube, wo ständig das Wasser lief und die Bewohner ihr Trinkwasser holten.

Am nächsten Tag fuhren wir weiter über Schneizlreuth Richtung Chiemsee. Unterwegs kauften wir uns einen Wecken Brot und Streichkäse. Zu den 20 DM, die mein eiserner Bestand waren, hatte ich mir noch circa 20 DM dazugespart, die aber durch den Urlaub auch aufgebraucht wurden. Geschlafen haben wir in Chieming im Tanzsaal auf Feldbetten. Die Mädchen gefielen mir zu dieser Zeit auch schon. Zwei Mädel aus der Küche, denen wir schöne Augen machten, versorgten uns mit Lebensmittelresten aus der Wirtschaftsküche. Da blieben wir verständlicherweise drei Tage, dann aber kehrten wir wieder zurück in den Alltag.

Lehrbrief und Prüfungszeugnis

Nach dem Ende der Lehre blieb ich noch circa ein Jahr, dann trat ich einen Arbeitsplatz in einer Mühle bei Röhrnbach an, wo ich etwas mehr verdiente und etwa ein Jahr arbeitete. Danach wechselte ich die Stelle und ging nach Bad Höhenstadt ins Rottal, diese Arbeitsstelle war in meinem 49-jährigen Berufsleben mit Abstand die schlechteste.

Bei Arbeitsantritt musste ich die erste Woche im Rossstall auf dem Boden schlafen. Um Punkt sechs Uhr gab es das Frühstück, dann ging es ins Sägewerk zum Holzschneiden, obwohl ich als Müller eingestellt wurde. Das Sägewerk hatte einen Zugang zur Mühle. Wenn ein Baumstamm geschnitten war, wurde es ruhiger im Sägewerk und man konnte die Geräusche aus der Mühle hören. Da passierte es des Öfteren, dass der erste Schrotstuhl leerlief, da die Walzen pfiffen, und ich wusste, jetzt liegt wieder eine tote Ratte in der Speisung. Neben dem Walzenstuhl lag eine Schmiedezange parat, womit man die zerfetzte Ratte herausholen konnte. Wenn ich den Chef daraufhin ansprach, sagte dieser: „Ich weiß schon, im Trog der Netzschnecke ist ein Loch, das sollte man zumachen", ans Beseitigen der Schädlinge dachte er nicht. Die Innereien wurden natürlich von den Walzen erfasst und zu Mehl vermahlen. Noch heute graust es mir, wenn ich bloß daran denke.

Einmal, an einem Montag an einem grauslichen Wintertag mit Schneetreiben, arbeitete ich den ganzen Tag alleine im Sägewerk. Um 17 Uhr war Feierabend und ich war von dem Tagwerk erschöpft und sehr müde, da ich am Sonntag etwas spät zu Bett gegangen war. Da kam der Chef und sagte: „Herri", wie er mich nannte, „jetzt sacken wir noch schnell fünfzig Sack (Doppelzentner) Mehl ab, weil die morgen ausgeliefert werden müssen." Folgsam, wie ich war, ging ich die Treppe zur Mühle hoch, auf halber Treppe kehrte ich aber wieder um mit dem Gedanken: Musst du denn immer den Deppen machen? Ich legte mich im Mühlenstüberl auf mein Bett. Es dauerte nicht lange, bis die Tür aufging und der Chef reinkam, mit den Worten: „Was ist los? Ich sagte doch, wir müssen noch Mehl absacken." Ich antwortete: „Jetzt ist Feierabend und ich bin müde, ich mag nicht mehr." Daraufhin wurde er böse und schimpfte: „Du Gotteslästerer, da geht er jeden Sonntag zur Kirche und dann verweigert er die Arbeit." Darauf hielt ich dagegen: „Wer ist da ein Gotteslästerer? Sie gehen doch jeden Sonntag zur Kirche, sitzen in der ersten Bank und beten, dass Ihnen die Zähne klappern, und nebenbei spekulieren Sie, wie Sie das Dienstpersonal noch mehr ausnützen können, um noch reicher zu werden."

(Vergleichbare Zustände zeigt der im Jahr 2003 verfilmte Heimatfilm von Jo Baier „Die Schwabenkinder". Manchen Kindern im Bayerischen Wald passierte Ähnliches. Wie im Film geschildert, zwang bittere Armut häufig auch bayerische Eltern dazu, ihre Kinder als Hütejungen, Mägde oder Knechte in die Fremde zu geben. Der Großvater von meiner Frau hatte neun Kinder und nichts zu essen, da ging er zum Pfarrer und fragte ihn: „Herr Pfarrer, was soll ich tun, ich weiß nicht mehr, wie ich die Kinder ernähren soll?" Worauf der Pfarrer antwortete: „Hättest dir nicht so viele angeschafft." Daraufhin schickte der Vater zwei seiner Buben von zwölf und dreizehn Jahren, also noch Schulkinder, zu den Bauern ins Rottal, um zwei Esser weniger am Tisch zu haben.)

Das war die erste und auch die letzte Arbeitsverweigerung in meiner ganzen Berufslaufbahn. Sie hatte zur Folge, dass mir der Chef mündlich kündigte. Was sollte ich tun? Ich hatte keinen Menschen, den ich fragen konnte. Ich fuhr nach Passau und erkundigte mich bei der Gewerkschaft, ob die mich rechtlich vertreten würden. Nur wenn ich Mitglied werde, hieß die Antwort. Ich wurde dann auch Mitglied. Die Rechtsabteilung meldete sich alsbald bei meinem Arbeitgeber, worauf der Chef große Angst bekam und mir Geld anbot, was ich dann auch annahm, um friedlich auseinanderzugehen, sogar den Geldbeutel von seiner Frau hat er dann noch ausgeleert, mit den Worten: „Frauchen, hast du noch Geld im Geldbeutel?", und das Kleingeld mir übergeben. Gleich danach wurde eine Betriebsbesichtigung durchgeführt, veranlasst durch die Gewerkschaft, bei der es zu vielen Beanstandungen kam. Was aus der Mühle dann wurde, entzieht sich meiner Kenntnis, da ich alsbald ausgeschieden bin, nach einem Jahr auch wieder aus der Gewerkschaft, und wieder nach Röhrnbach ging, wo ich vorher gearbeitet habe.

In dieser Mühle war es noch üblich, das Mehl zu bleichen. Da es während der Kriegsjahre hauptsächlich nur dunkle hoch ausgemahlene Mehle gab, waren nach dem Krieg die Menschen so gierig nach hellen, ja weißen Mehlen, die aber bedingt durch die Natur eine etwas gelbliche Färbung aufwiesen, auch wenn sie ganz niedrig ausgemahlen waren. Somit wurden hauptsächlich Weizenmehle chemisch und auch elektrisch gebleicht. Diese Bleichmittel waren aber sehr gesundheitsschädlich und wurden Mitte der fünfziger Jahre verboten. Wenn wir die Mischmaschine reinigen mussten, durften wir nur mit Gasmaske in die Maschine einsteigen.

Auch die folgende Geschichte gehört noch in diese Zeit. Als ich in die Lehre kam, war ich noch sehr klein und schmächtig, ich zählte ja erst 14 Jahre, und musste schon für mich sehr schwere Säcke tragen. Wenn ein Bauer oder Landwirt Getreide brachte, wurde dieses nicht lose, wie zur heutigen Zeit, sondern in Maltersäcken, die sehr lang und schmal waren, abgefüllt. Wenn ich diese circa 75 Kilogramm schweren Säcke auf der Schulter trug, streiften diese vorn und hinten den Boden; etwas später dann in einer etwas größeren Mühle in Röhrnbach, wenn ein Lastzug mit 25 Tonnen Getreide ankam, mussten diese 100-Kilogramm-Säcke von drei Müllern, einer von den dreien war ich, auf die Schulter genommen, in die Mühle getragen und gestapelt werden, da wackelten mir oft die Knie.

Ab da konnte ich mir auch schon ein Moped (NSU Quickly) leisten und kam dadurch etwas weiter umher, lernte so ein Mädchen kennen und dachte mir: Die ist es! Wir kamen ins Gespräch und verstanden uns auf Anhieb und wir kamen uns mit der Zeit immer näher. Sie war ja genauso arm wie ich. Erst später erzählte sie mir eine Geschichte, die passierte, als sie mit ihrem Vater das erste Mal nach Passau zur Maidult mitfahren durfte und vor lauter Aufregung auf die Toilette musste. Als sie das Klo sah, rannte sie schnell wieder raus und sagte zum Vater: „Auf diese Schüssel gehe ich nicht, die ist ja so sauber." Zu Hause kannten wir ja nur das Plumpsklo, das meist neben dem Misthaufen stand. Eines Tages sprach sie über mich mit ihrer Mutter und sagte: „Der oder keiner!" Zu dieser Zeit stellte sich mir immer mehr die Frage, wie es weitergehen sollte, wir wollten doch zusammenbleiben. Es war für mich die große Liebe, wahrscheinlich weil ich diese Art von Liebe, verständlicherweise bei zehn Kindern, im Elternhaus nicht so erfahren habe. Anders geht es in der Regel den heutigen Kindern, die oft verhätschelt werden. Unsere Beziehung passte einigen Verwandten meiner zukünftigen Ehefrau nicht, weil ich arm war und nichts hatte. Deshalb nahmen sie meine inzwischen Verlobte mit nach München und besorgten ihr eine Arbeitsstelle bei Wella, schlafen konnte sie bei einer Tante. Es war uns auch nicht möglich zu telefonieren, es gab noch keine Handys, woraufhin ich mich entschloss, auch nach München zu ziehen, uns konnte einfach nichts mehr trennen.

In der Müllerzeitung las ich zufällig eine Anzeige, „Müller gesucht", worauf ich mich sofort bewarb und die Stelle auch bekam. Ich packte meine Habseligkeiten, die in einem alten Ziehharmonikakoffer Platz fanden – die Ziehharmonika, die ich mir im ersten Lehrjahr von meinem ersparten Lehrgeld ganz billig kaufte, hatte längst den Geist aufgegeben. Ich fuhr an einem Sonntag im November mit dem Zug nach München. Dort suchte ich die Kraemermühle und meldete mich beim damaligen Obermüller Brunner, der mir dann eine Schlafstelle in der Gartenlaube der Frau Dichtl besorgte. Hier durfte ich circa sechs Wochen auf einer alten Couch schlafen, allerdings war es sehr kalt, was dazu führte, dass ich einmal erst gegen Morgen eingeschlafen bin, verschlafen habe und dadurch zu spät zur Arbeit kam. Man kann sich vorstellen, wie der Obermüller schimpfte. Er sagte: „Ich brauch meine Leute in der Früh, da fällt die meiste Arbeit an und das soll mir nicht wieder vorkommen." Nach circa sechs Wochen konnte ich bei einer benachbarten Familie Binner in der Birkenleiten so lange wieder auf einer Couch schlafen, bis im Männerwohnheim in der Pistorinistraße, wo ich angemeldet war, ein Platz frei wurde. Das Mobiliar des Zimmers bestand aus drei Betten, drei Spinden, drei Stühlen und einem Tisch, das war alles. Das Zimmer, das wir zu dritt bewohnten, kostete mich monatlich 120 DM.

Als Lagerarbeiter in der Kraemermühle verdiente ich nur etwa 280 DM im Monat. Eines Tages wandte ich mich deshalb an den Obermüller: „Ich glaube nicht, dass ich damit zurechtkomme", und zeigte ihm den Lohnstreifen, er schaute sich diesen kurz an und legte ihn mir wieder hin mit den Worten: „Wennst sparst, könnten dir fünf Mark im Monat übrig bleiben." Daraufhin wusste ich, so kann es nicht weitergehen, und suchte mir nebenbei noch eine Arbeit als Zusatzverdienst, ich fand diese in der ehemaligen Bahnhofswirtschaft in Unterhaching als Beifahrer – Führerschein hatte ich damals noch nicht – an Samstagen zum Bierausfahren, etwas später dann in der Großmarkthalle, wo damals ein schnelles Geld zu verdienen war, wenn man Glück hatte. Das lief damals so ab: Am Arbeitsamt in der Maistraße standen 20 bis 30 Leute an, ein Kapo von der Großmarkthalle kam vorbei und suchte sich drei bis fünf Männer aus und nahm diese mit zum Waggonausladen.

Nach gut einem halben Jahr in der Kraemermühle konnte ich mit Herrn Ingerl Hermann den Arbeitsplatz tauschen. Herr Ingerl mochte die Schicht in der Mühle nicht und kam für mich ins Mehllager. Ich übernahm seine Schichtarbeit in der Mühle. Als ich bei Arbeitsantritt die verhältnismäßig große Mühle sah, dachte ich mir, das lernst du nie, da ich bisher nur in kleineren Mühlen mit einer Tagesleistung von einer bis drei Tonnen oder weniger am Tag gearbeitet hatte. Die jetzige verarbeitete immerhin circa 40 Tonnen in 24 Stunden. Aber ich lernte es doch, sodass ich nach circa einem Jahr, als der Obermüller Brunner in Ruhestand ging, zum Untermüller befördert wurde und gleichzeitig, als der alte Obermüller auszog, eine Betriebswohnung im Garten- oder Mühlenhaus auf dem Betriebsgelände bekam, und zwar mietfrei.

Ich dachte mir, jetzt ist der Durchbruch gelungen, und meine Verlobte und ich beschlossen zu heiraten. Herr Brunner sagte noch zu mir (Alois Liebl, der schon im Mühlenhaus wohnte, stand auch dabei, ein Verwandtschaftsverhältnis bestand aber nicht, die Namensgleichheit war reiner Zufall): „Deshalb brauchst du doch nicht zu heiraten", er wollte mich wahrscheinlich warnen. Meine jetzige Frau hörte zu arbeiten auf, und am 24. Oktober 1959 ließen wir uns trauen, und zwar im Bayerischen Wald, weil es unsere Heimat war und die Verwandtschaft dort lebte, standesamtlich in Rappenhof, wo ich auch zur Schule gegangen bin, kirchlich in Tittling. Gefeiert wurde dann im Gasthaus „Zur Post". Zur Feier nach der Trauung kamen etwa 40 bis 50 geladene Gäste. Die Kosten dafür beliefen sich laut Rechnung auf 169,80 DM.

```
                                           Tittling, den 26.10.59

                    R E C H N U N G
                    ======================
          für Herrn Herbert L i e b l  in Witzingerreut
24.10.59     17 Mittagessen              a  2.30    DM   39.10
              2 Wienerschnitzel          a  2.40    "     4.80
              1  "     2  (Graf)                    "     2.40
             20 Brot                     a  -.10    "     2.--
             33 Tassen Kaffee            a  -.50    "    16.50
             27 Kalte Platten            a  1.50    "    40.50
             45 Brot                     a  -.10    "     4.50
             49 halbe helles Bier        a  -.50    "    24.50
              3  "    dunkles  "         a  -.55    "     1.65
              2 Weißbier                 a  -.65    "     1.30
             13 1/4 Weißwein             a  1.50    "    19.50
              3 Apfelsaft                a  -.60    "     1.80
              4 Scharladberg             a  -.70    "     2.80
              7 Perle u. Cola            a  -.35    "     2.45
              6 Schachteln Zigaretten    a  1.--    "     6.--

                                           Sa.      DM  169.80
                                           ======================
```

Rechnung von unserer Hochzeitsfeier

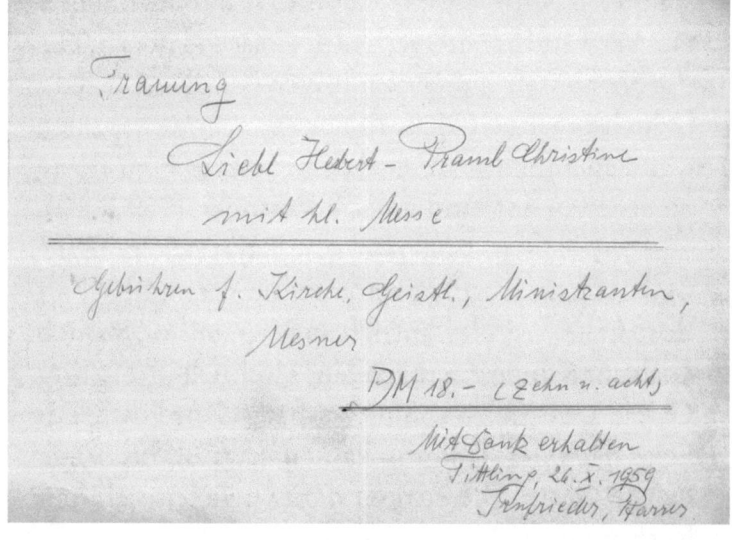

Rechnung von unserer Trauung

Eine Episode möchte ich noch erzählen: 1960 oder 1961 musste ich zur Bäckerei Strauß in die Schellingstraße fahren, um Bäckereimaschinen zu überholen, Alois Liebl lieh mir sein Fahrrad. Das Werkzeug auf dem Gepäckträger in einem Holztragerl verstaut, fuhr ich nach Schwabing. Die Wartung der Geräte in der veralteten Bäckerei dauerte den ganzen Tag. Als ich fertig war, es war schon dunkel, dachte ich mir: Jetzt kaufst du dir ein Bier, das hast du dir verdient, und ging in die nächstgelegene Wirtschaft. Es wurden dann aber zwei Halbe, und als es ans Zahlen ging und auch am Publikum merkte ich – der U-Bahn-Bau in München hatte begonnen, und somit waren gut verdienende Gäste im Lokal –, dass es kein normales Wirtshaus, sondern ein Nachtlokal war, somit war ich wieder um eine Erfahrung reicher.

Als wir dann ins Mühlenhaus einziehen konnten, hatten wir noch keine Möbel und wir schliefen auf Matratzen, bis wir uns das Schlafzimmer einrichten konnten, und für uns begann eine glückliche Zeit. Da ich die Münchner Mietpreise noch von meiner Wohnungssuche vor dem Einzug in das Männerwohnheim in der Pistorinistraße kannte, beschloss ich, sofort einen Bausparvertrag abzuschließen, obwohl wir das Geld für Möbel gebraucht hätten. Zur Mühle gehörte eine Schreinerei, wo ich nach Feierabend für uns die wichtigsten Möbel wie Tisch, Eckbank usw. selber basteln konnte und somit Geld sparte. Auch für die damals noch dazugehörige Matzinger Hundefutterfirma durfte ich wegen meines handwerklichen Könnens für den Ausstellungsstand die Dackel aus Sperrholz aussägen und bemalen. Der Wohnzimmerschrank, den ich damals baute, existiert heute noch und steht bei uns im Keller. Bei all meinem Tun begleitete mich immer der Hintergedanke: Ich will nicht immer so arm bleiben. Heute würde ich in den Wertstoffhof fahren und mir die dort zum Entsorgen hingebrachten Möbel mitnehmen. Es tut mir heute noch weh, wenn ich sehe, was Menschen alles wegwerfen, nicht weil es kaputt ist, sondern weil sie die Sachen schon einige Jahre haben und nicht mehr sehen können, genauso verfahren sie mit der Kleidung. Im Jahr 1961 an einem Donnerstag kam unser Sohn Herbert zur Welt. Tags darauf, am Freitag, fand der alljährliche Betriebsausflug der Kraemermühle statt, und unser Nachwuchs wurde natürlich kräftig gefeiert. Von all den Betriebsausflügen erzähle ich später noch. Als unser Sohn Herbert laufen lernte, begannen für meine Frau Christine und mich die großen Sorgen um unseren Sohn, das Gelände, auf dem unser Sohn aufwuchs, war von Wasser wie auf einer Insel umschlossen. Da Wasser in der Regel Kinder magisch anzieht, und das war bei unserem Sohn Herbert, der ja noch nicht schwimmen konnte, der Fall, war dies lebensgefährlich. Einmal fragte meine Frau: „Wo ist der Herbert?" Ich sagte: „Weiß ich nicht", und rannte los, fand ihn dann am Wehr vorm Rechenreiniger mit einem halben Ziegelstein in der Hand, den er gerade ins Wasser werfen wollte. Im Alter von vier Jahren schickten wir ihn in den Schwimmunterricht, wo er dann das Schwimmen auch schnell lernte, es war für uns eine Beruhigung und eine Sorge weniger.

Im Jahr 1965 besuchte ich erfolgreich die Meisterschule für das Müllerhandwerk. Meine Meisterprüfung und die damit verbundenen Kosten wurden von der Firma bezahlt. Noch heute ist mir bewusst, in was für einer guten und sozial eingestellten Firma ich arbeiten durfte. Ich weiß auch, viele andere Familien hätten gesagt, jetzt geht es uns besser und wir machen uns ein schönes Leben. Ich dagegen dachte immer an die Zukunft, wir lebten gut und sparten, weil wir es so gewohnt waren.

In dieser Zeit besuchte uns oft ein Verwandter meiner Frau, der diese vom Bayerischen Wald nach München entführte, weil er uns auseinanderbringen wollte. Der Verwandte war Taxifahrer und nebenbei handelte er noch mit Haushaltswaren. Er besuchte uns meist zur Mittagszeit, weil er hoffte, etwas zu essen zu bekommen. Meine Frau kaufte ihm einmal für neun Mark fünfzig Waschmittel und Socken ab und gab ihm zehn Mark mit den Worten „Stimmt schon", worauf er sagte: „Das will ich nicht", das Gespräch ging hin und her, und er meinte schließlich: „Der Bub hat bestimmt eine Sparbüchse", meine Frau gab sie ihm, er aber zog schnell ein Zehnpfennigstück aus dem Geldbeutel und schmiss es anstatt dem Fuffzgerl in die Sparbüchse und dachte wahrscheinlich, wieder vierzig Pfennig gewonnen. Was der Verwandte nicht wusste, wir hatten kurz vorher die Sparbüchse geleert und bemerkten so die Schwindelei.

Zu dieser Zeit erfolgte zumindest in diesem Viertel von München noch keine Müllabfuhr. Die Milch wurde zum Beispiel mit einer Milchkanne oder einer Glasflasche im Geschäft abgeholt. Wenn ich mir heute den Müll so ansehe, besteht er zum Großteil aus Verpackungsresten, alles ist in Plastik, egal ob Fleisch, Milch, Joghurt usw., verpackt.
Im Jahr 1966 machte ich den Führerschein und kaufte mir ein kleines Auto – einen DKW Junior.

In den sechziger Jahren fiel mir auch die Aufgabe zu, im Herbst im Schlössl, Birkenleiten 15, alljährlich die Winterfenster einzuhängen und im Frühjahr wieder auszuhängen und auf den Speicher zu bringen. Wenn die Familie Walter Kraemer in Urlaub fuhr, hatte ich die Ehre, jeden zweiten Tag nach Solln zu fahren, um im Haus, in dem er wohnte, nach dem Rechten zu sehen, außerdem die Hühner zu füttern und die Eier abzuheben, die ich auch behalten durfte. Als er später nach Baierbrunn zog, war ich es, der im neuen Haus die Vorhänge und Schienen montierte und das Mülltonnenhäuschen mit Dachpappe überzog.

1966 mit Sohn Herbert im Bayerischen
Wald beim Schwammerlsuchen

Die Urlaube verbrachten wir damals fast immer im Bayerischen Wald im Elternhaus von meiner Frau.

Wenn der Urlaub zu Ende war, mussten wir vom schönen Bayerischen Wald dann wieder Abschied nehmen, um wieder in die Großstadt München zu fahren, das ist uns immer sehr schwergefallen.

Den ersten Schwarz-Weiß-Fernseher kauften wir uns auch in dieser Zeit. Das Programm endete zu dieser Zeit um circa 23 Uhr, die Programme waren auf wenige beschränkt, heute strahlen die Sender rund um die Uhr zig Programme aus.
Gefeiert wurde meist im Familienkreis zu Hause oder bei Verwandten.

Im Fasching gingen wir auch manchmal auf einen Ball zum Tanzen, und kehrten heim, wenn die heutige Jugend zum Ausgehen aufbricht.

Als ich in der Lehre war, kostete die Halbe Bier fünfzig Pfennige, da waren für uns junge Leute nicht mehr als ein oder höchstens zwei Halbe und das nicht an jedem Wochenende drin. Heute gehen viele Jugendliche zum Komasaufen, nach vorherigem Vorglühen, wie sie es nennen, so gesehen hatte die Armut auch Vorteile.

Wenn ich mich an meine Kindheit erinnere, da lästerten die Leute oft über die Bemalung, Nasenringe, Frisuren, Musik usw. der afrikanischen Völkerstämme, heute laufen viele Jugendliche genauso oder noch schlimmer herum.

Zu dieser Zeit lernte ich auch den Besitzer einer kleinen Werkstatt aus Harlaching kennen. Er betrieb die Werkstatt mit seiner Schwester und arbeitete für die Kraemermühle nach Bedarf, wenn Reparaturen anfielen, zum Beispiel übernahm er in der Bachauskehr die Turbinenwartung. Wenn Alois Liebl ihn fragte, ob er Zeit habe für die Wartung der Turbine, da Bachauskehr sei, sagte er immer: „Ich komme nur, wenn mir der Herbert hilft." Jakob Jahrstorfer hieß er. Wir verstanden uns gut und es entwickelte sich ein freundschaftliches Verhältnis. Wenn bei ihm am Haus oder im Garten Arbeiten anstanden und er mir wieder vorjammerte, so viel Arbeit gibt's in der alten Burg, dann half ich ihm manchmal, wofür er sehr dankbar war. Eines Tages, wir standen vor der Werkstatt, sagte ich zu ihm, als er wieder schimpfte: „Wenn du eines Tages nicht wissen solltest, wohin mit dem alten Gelumpe, dann sagst du es mir, vielleicht gibt es einen Weg", worauf er antwortete: „Du würdest dir nur Arbeit auftun."

Ende der sechziger Jahre war es, da verfolgte ich die steigenden Immobilienpreise in der Tageszeitung und musste feststellen, wenn ich am Jahresende 1000 DM auf die hohe Kante legen konnte, sind unterdessen die Preise für Immobilien um 10 000 DM gestiegen. Als ich eines Tages in der Zeitung las: „Reihenhäuser in Ebersberg zu verkaufen für 127 000 DM", handelte ich sofort und fuhr nach Sendling zur Bauträgerfirma DEBA, um mich zu informieren, wie weit ich mit meinen 5000 Mark Eigenkapital auf dem Bausparer komme. Das Resultat war ernüchternd, es fehlten zum Kauf 15 000 DM.

Mit diesem Ergebnis fuhr ich heim und erzählte meiner Frau: „Gerade habe ich ein Haus in Ebersberg gekauft." Sie sagte zu mir: „Du spinnst." Ich sagte: „Warum? Wir haben jetzt nichts, und wenn es schiefgeht, dann haben wir auch nichts." Wir hatten keine Verwandten, die uns das fehlende Geld leihen konnten. Was sollte ich tun?

Das alles erzählte ich meinem Chef von der Kraemermühle, Herrn Reinhart Kraemer. Er bestärkte mich in dem, was ich vorhatte, und sagte: „Machen Sie es." Gab mir sofort einen Kredit, womit ich gleich einen neuen Bausparvertrag abschloss, diesen zwischenfinanzieren ließ und das Haus in Ebersberg im Rohbau kaufte. An diese Zeit des Hauskaufes erinnere ich mich auch deshalb so gut, weil ein Mann aus der Albrecht-Dürer-Straße mit seinem Auto in einem Bombentrichter in der Wiese vor der Mühle zur Schönstraße stecken geblieben war, dem ich wieder aus dem Trichter heraushalf. Bei dieser Gelegenheit sagte dieser zu mir: „Ich würde mir nie ein Haus oder eine Wohnung kaufen, da ich in der Albrecht-Dürer-Straße so günstig wohne." Einige Zeit später, als er in Rente ging, erzählte er mir dann wieder: „Jetzt muss ich auf meine alten Tage noch umziehen, da die Wohnungen renoviert und die Mieten um hundert Prozent teurer wurden. Von meiner Rente kann ich die Miete für meine Wohnung nicht mehr bezahlen." Das bestärkte mich in meinem Handeln.

Im Jahr 1971 kam unser zweiter Sohn Thomas zur Welt. Es wurde eng für die acht Personen, die im Mühlenhaus wohnten. Mein Kollege Alois Liebl hatte auch zwei Kinder und bewohnte den ersten Stock des Mühlenhauses. Im Haus gab es damals ein Bad für die zwei Familien. Das Wasser zum Baden wurde noch mit Brennholz erwärmt. Von der Familie Kraemer wurden neue Wohnungen gebaut und wir bekamen das Angebot, in eine 2 ½-Zimmer-Wohnung in der Birkenleiten 50 zu ziehen. Meine Frau wehrte sich vehement dagegen: „Ich ziehe in keinen Wohnblock, weil wir da keinen Garten mehr haben." Da kam mir die Idee, auf der Wiese hinter der Mühle ein Stück zu roden, und wir konnten uns wieder Gemüse anbauen, grillen und manchmal auch zelten.

Als das Haus in Ebersberg Ende 1972 bezugsfertig wurde, ging es ans Vermieten, was sich damals in Ebersberg nicht so einfach gestaltete, da ja das Verkehrsnetz noch nicht so ausgebaut war wie heute und noch keine S-Bahn verkehrte.

Der erste Mieter kam vom ADAC. Der Mietvertrag war unter Dach und Fach. Jeden Freitag kam er vorbei und fragte: „Wann kann ich einziehen?", ich besaß aber noch keine Schlüssel, da die Hausübergabe von der Bauträgerfirma DEBA noch nicht stattgefunden hatte. An einem Freitag stand er wieder vor der Tür, ich sagte zu ihm: „Morgen können

Sie einziehen" und hielt ihm die Schlüssel entgegen, worauf er antwortete: „Ich bin aber heute hier, weil ich nicht mehr einziehen will, da ich mich mit meinem Bruder selbstständig machen werde." Ich wartete auf die mietvertraglich zugesagte Miete, da das Geld in dieser Zeit für uns sehr knapp war. Zu den Kosten für den Hauskauf kamen noch Kosten für Garage, Notar, Grunderwerbsteuer usw. dazu. Aus der finanziellen Not heraus entschloss ich mich sogar nach Rücksprache mit meinem Sohn Herbert, dessen Sparschwein zu schlachten, um das Ersparte für die Tilgung der Schulden zu verwenden. Da meinem Sohn Herbert das Haus heute gehört und er auch darin wohnt, kann man aus heutiger Sicht sagen, dass die Investition der Ersparnisse des Sparschweins in das Ebersberger Haus eine sehr gute Geldanlage war.

Nur nebenbei zur Steuer möchte ich erwähnen, dass ich es bis heute nicht begriffen habe, warum man ein Leben lang Grundsteuer bezahlen muss für den Grund, den man mit dem Hauskauf erworben und für den man Grunderwerbsteuer bezahlt hat, man könnte meinen, der Grund gehöre einem, nur so viel zur Steuergerechtigkeit. Noch so ein Fall passierte, den man schwer begreifen kann. In einem von mir vermieteten Haus brach eines Tages die Steuerfahndung einen Safe, der im Einbauschrank eingebaut war, auf und beschädigte diesen (der Mieter hatte die Steuern an das Finanzamt nicht bezahlt). Daraufhin setzte ich mich als Hauseigentümer mit dem Finanzamt in Verbindung und es begann ein langer Telefon- und Schriftverkehr, da ich den Schaden von circa 400 DM ersetzt haben wollte. Irgendwann sagte mir ein Finanzbeamter am Telefon: „Sie bekommen von uns kein Geld, auch wenn Sie im Recht sind", damit war die Angelegenheit für mich beendet.

Irgendwann klappte es dann mit der Vermietung in Ebersberg doch, einen zuverlässigen Mieter zu finden. Als neuer Mieter zog ein gewisser Herr Becker, der im Kaufhaus Hertie als Dekorateur arbeitete, ein, es schien alles gut zu werden. Die Familie hatte aber einen leicht behinderten Sohn, der einen der Nachbarn störte, dieser sagte: „Es ist eine Zumutung, einen solchen Nachbarn zu haben", und so wurden die neuen Mieter nach etwa einem Jahr schon wieder vergrault, so dass sie wieder auszogen. Der nächste Mieter war ein Herr Weise, der bei der Bundeswehr angestellt war, dieser zog vier Wochen nach dem Einzug in das Haus auch wieder aus, weil er sich eine frei werdende Gastwirtschaft in Baierbrunn pachten konnte und er das von mir angemietete Haus nicht mehr benötigte. Daraufhin musste ein weiteres Mal ein neuer Mieter gefunden werden, dieser blieb dann Gott sei Dank längere Zeit in dem Haus wohnen.

Das Haus war nach etwa sechs Jahren schuldenfrei und ich überlegte, ob ich es verkaufen sollte, um

Das geliebte Mühlenhaus mit Garten: ein Paradies

näher bei München ein anderes zu kaufen, um im Rentenalter dort einziehen zu können und näher bei München zu wohnen.

Im Jahr 1976 sind wir dann von Birkenleiten 50 ausgezogen und in eine größere Wohnung in der Birkenleiten 52 eingezogen, in der wir neun Jahre lang wohnten. Als der Obermüller Alois Liebl 1985 in Rente ging, sind wir wieder ins geliebte Mühlenhaus eingezogen.

Gleichzeitig übernahm ich als sein Nachfolger die Stelle des Obermüllers und arbeitete bis zu meinem Renteneintritt im Jahre 2000 als Betriebsleiter in der Mühle.

Noch so eine schöne Erinnerung möchte ich schildern. Als wir im Mühlenhaus an einem Wochenende im Garten saßen, kam eine Stockente angeflogen, von zwei Raben verfolgt, diese war so erschöpft, dass sie vor unseren Füßen landete, die Raben drehten ab und ich nahm die Ente, legte sie unters Gebüsch an einen Buchenstamm, gab ihr Wasser und Futter, wo sie dann zwei Wochen liegen blieb, bis sie sich erholt hatte. Zur Belohnung kam sie jedes Frühjahr mit ihren Jungen in unseren Gartenteich und blieb den ganzen Sommer bis zum Herbst bei uns.

Wenn ich aus der von Herrn Pemsel geschriebenen Chronik von 1950 bis 2012 die Zahlen der Vermahlung entnehme, dann wurde während meiner Tätigkeit im Jahr 1994 die höchste Vermahlung von 26 608 Tonnen Weizen und 11 563 Tonnen Roggen seit Bestehen der Mühle registriert. Wenn ich bedenke, was ich für Ängste und Bedenken hatte bei meinem Dienstantritt in der Kraemermühle, dann bin ich aus heutiger Sicht sehr stolz, die Herausforderung gemeistert zu haben. Nun aber wieder etwas weiter zurückgeblickt.

Als Herr Jakob Jahrstorfer, der Inhaber der kleinen Werkstatt in Harlaching, 1978 verstarb, war ich es, den seine Schwester Maria Jahrstorfer als Ersten anrief. Sie teilte mir mit, der Bruder sei verstorben,

Geschwister Jakob und Maria Jahrstorfer

und kam auf meine damaligen Worte zurück: „Sie haben einmal zu meinem Bruder gesagt, dass Sie Interesse an dem Anwesen hätten", und wenn dem noch so sei, soll ich vorbeikommen, es gäbe sicher einen Weg, dies zu regeln. Kurz darauf fuhren wir nach Harlaching, um die Angelegenheit zu besprechen. Sie sagte zu uns: „Ich bleibe nicht alleine in dem Haus und werde in das Apartment in der Unteren Grasstraße, das ich vor einigen Jahren gekauft habe, einziehen; wenn ihr Interesse habt an dem Haus, finden wir eine Möglichkeit." Daraufhin sagte ich: „Wir haben ein Haus in Ebersberg, das könnten wir verkaufen." Am nächsten Tag rief sie wieder an und schlug vor: „Ich glaube, ich habe eine Lösung gefunden, wir tauschen einfach die beiden Häuser", was auch dann so geschah, und wir gingen zum Notar, um alles Weitere zu regeln. Nun begannen die Spekulationen über Umbau, Renovierung, auch einen Abriss der bestehenden Gebäude (Wohnhaus mit Werkstattgebäude) zogen wir in Erwägung, entschieden haben wir uns dann für den Umbau der bestehenden Gebäude. Es wurden Mauern herausgerissen, neue Fenster eingesetzt, die Garage abgetrennt für ein Bad, da ja kein Bad in dem Haus vorhanden war, alles durch Eigenarbeit, wobei mir des Öfteren die Worte von Jakob Jahrstorfer einfielen: „du würdest dir nur Arbeit aufhalsen", und so kam es dann auch: „Arbeit und noch mal Arbeit", alles nach Feierabend und an den Wochenenden. Aus der Werkstatt und dem Garten haben wir über 50 Tonnen Alteisen entfernt. Im Garten lagen einige Tonnen von Gras überwachsene Eisenteile wie Transmissionen und andere Maschinenteile von der im Krieg ausgebombten Kraemermühle. Aber alles hat ein Ende, und nach gut einem Jahr war es dann so weit, das Haus konnte vermietet werden. In Harlaching auch damals kein großes Problem.

Von den in den zwanzig Jahren eingenommenen

Mieten kauften wir uns noch ein Haus in München zum Vermieten, aber auch um Steuern zu sparen. Das Haus in Ebersberg war vermietet, als Maria Jahrstorfer es übernahm. Der Mieter sah darin seine Chance und kam ständig mit neuen Forderungen zur neuen Hauseigentümerin, was sie dann nach sechs Jahren dazu bewog, das Haus wieder an uns zurückzugeben mit den Worten: „Wenn ihr es wollt, könnt ihr es wiederhaben, warum sollte ich mich ständig mit dem Mieter rumärgern." Somit gingen wir wieder zum Notar und ließen es „auf Nießbrauch" umschreiben. Schon längst waren wir zum vertraulichen Du übergegangen. Maria fand bei uns Familienanschluss, freute sich am guten Essen, das meine Frau Christine zubereitete. Maria Jahrstorfer kam fast jeden Tag zu uns, sie war gesellig und genoss das Leben bei und mit uns. Wenn wir einen Ausflug machten, war sie dabei, sie blühte erst richtig auf, seit sie bei uns einen Familienanschluss fand, auch liebte sie es, da sie selbst keine Kinder hatte, wenn sie unsere Enkelkinder herzen und auf den Schoß nehmen durfte. Wir wünschen uns, im Alter auch so versorgt zu werden, wenn es einmal nötig werden sollte. Maria starb 1998 im Alter von 89 Jahren. Als Dank setzte sie uns im Testament als Alleinerben ein. Wir halten die Erinnerung an sie in Ehren und pflegen ihre Grabstätte, in der auch ihr Bruder Jakob und die Eltern beerdigt sind.

Bei einer Wanderung in Österreich im Jahr 1986 kamen wir nach Pfarrwerfen, wo an einem Hang ein kleines Bächlein den Berg herunterrann und sieben Mühlen antrieb.

Dazu gibt es eine Sage, wie es dazu kam, möchte ich hier erzählen, da sie mir so gut gefallen hat. Nach der Pest, die große Landstriche entvölkert hatte, regte sich in einigen Gehöften wieder Leben, man hörte wieder Lachen. Eines Tages wanderte ein Fremder den Aberg, so hieß der Berg, hinab und hielt am Bächlein eine Rast, um sich im frischen Wasser die wunden Füße zu waschen. Eine Bäuerin sah ihn und er tat ihr leid. Sie holte einen Krapfen aus der Schmalzpfanne und schenkte ihn dem Fremden, mit dem Wunsche, er solle ihn sich gut schmecken lassen. Auch reichte sie ihm ihre Schürze, damit er seine Füße abtrocknen könne. Der Fremdling war ob so viel Güte gerührt und sprach: „Deine Güte will ich belohnen. Dieses Bächlein soll Mühlen betreiben und ihr sollt glücklich sein, solange die Mühlen bestehen." Plötzlich war der Wanderer verschwunden. Als die Bäuerin ihre Schürze aufhob, war sie mit herrlichem Weizen gefüllt. Da wusste sie, dass der Herr hier gerastet hatte. Die Bauern bauten eine Mühle nach der anderen, bis es sieben waren, denn die Zahl Sieben ist ja eine heilige Zahl.

Gleitschirmfliegen im Zillertal

An einen schönen Urlaub im Zillertal, es war 1997, erinnere ich mich gerne. Als wir am Frühstückstisch saßen und durchs Fenster die Gleitschirmflieger betrachteten, sagte ich zu meiner Frau: „Das möchte ich auch mal machen", worauf sie antwortete: „Mach es halt." Am nächsten Tag gingen wir zur Wiese, wo sie landeten. Am Tag darauf fuhren wir über die Zillertaler Hochalpenstraße zum Startplatz und schauten zu, wie die Gleitschirmflieger starteten. Am dritten Tag war der Mut schon so groß und ich meldete mich bei der Mayrhofer Flugschule an und es wurde für den nächsten Tag ein Termin vereinbart. Wieder sagte meine Frau wie beim Hauskauf von Ebersberg: „Ich glaube, du spinnst." Sie hatte einfach Angst. Für mich waren aber diese Augenblicke in der Luft beim Gleitschirmfliegen ein einmaliges und unvergessliches Erlebnis.

Nun, wie schon angekündigt, zu den Betriebsausflügen, da diese Fahrten viel über das sehr soziale und gute Betriebsklima der Kraemermühle, in der ich so lange gearbeitet habe, erzählen. Die Ziele und Unternehmungen der gemeinschaftlichen Betriebsausflüge liste ich hier einmal auf:

1958 Floßfahrt von Wolfratshausen nach München, an der ich nicht teilnahm, da ich erst im November in der Mühle anfing
1959 Fahrt zum Wasserfall Hinterriss, Tirol
1960 Silobau der Mühle mit anschließendem Mittagessen in Siebenbrunn
1961 Ausflug zur Kampenwand
1962 Floßfahrt
1963 Hundertjahrfeier bei Aumeister, München
1964 Partnachklamm, Partnachalm
1965 Wildbad Kreuth, Schweigeralm, Wildfütterung
1966 Fahrt zum Chiemsee, Fraueninsel
1967 Ausflug zum Schloss Amerang
1968 Reise nach Salzburg
1969 Kaisertal (Pfandlhof), Auracher Löchl
1970 Leonhardiritt in Bad Tölz, Wackersberg
1971 Schwaigeralm
1972 Bratwurst-Glöckl München, Kloster Andechs
1973 BMW-Besichtigung, Altomünster

1974 Jubiläum Wörnbrunn mit Radl
1975 Hofeinweihung, Kleinhöhenrain
1976 Einweihung Roggenmühle, Müller-Brot, Neufahrn
1977 Kreutalm, Freilichtmuseum
1978 Spatenbrauerei, Sankt Emmeramsmühle
1979 Reise nach Salzburg
1980 Batscheider, Gocklwirt am Simsee
1981 Städtisches Gut Karlshof, Eicherloh, Schlachtschüssel Poing
1982 Niedermayer Papierwarenfabrik in Rosenheim
1983 Abstecher zum Bauernhofmuseum in Amerang
1984 Augsburg, Welser Kuchl, Besichtigung Matzinger Werk in Gersthofen
1985 Niederalteich
1986 Floßfahrt
1987 Besuch auf dem Christkindlmarkt in Salzburg
1988 Auffahrt zur Zugspitze mit der Zahnradbahn
1989 Tiroler Bauernhofmuseum in Kramsach
1990 Besichtigung Werk Nestlé in Mühldorf
1991 Besichtigung Automobilmuseum in Amerang
1992 Kehlheim, Donaudurchbruch, Kloster Weltenburg
1993 Salzbergwerk in Salzburg
1994 Gut Möschenfeld
1995 Besichtigung Schloss Linderhof
1996 Werksbesichtigung bei MAN in Karlsfeld
1997 Rundgang durch Neuburg an der Donau (Altstadt, Burg)
1998 Besuch im Bauernhofmuseum Illerbeuren
1999 Brombachsee, Staumauer

2000 Besichtigung der Brauerei Aying
2001 Besichtigung Adelholzener Alpenquelle Adelholzen, Söllhuben
2002 Besuch im Audi-Werk Ingolstadt
2003 Ausflug zum Freilichtmuseum Glentleiten bei Murnau
2004 Besichtigung der Wassergewinnung für die Stadt München
2005 Besichtigung der Allianz Arena München
2006 Besuch im Kloster Ettal mit Käserei

Von all diesen 49 Betriebsausflügen habe ich keinen einzigen versäumt (mit Ausnahme der Floßfahrt 1958). Alle Fahrten bildeten eine schöne Bereicherung und Abwechslung zum Arbeitsleben. An dieser Stelle möchte ich der Familie Kraemer dafür meinen herzlichen Dank aussprechen! An zwei dieser Ausflüge erinnere ich mich besonders gut, und zwar zum einen an den Betriebsausflug von 1969 nach Österreich. Als wir an der Grenze kontrolliert wurden, hatte ein Einziger keinen Ausweis dabei, nämlich Herr Striedl, alles Bitten an die sehr eifrigen Grenzbeamten half nichts, zu aller Leidwesen musste er aussteigen und in Deutschland bleiben. Der zweite denkwürdige Ausflug war der an einem Freitag im Jahr 1961 zur Kampenwand, weil einen Tag zuvor, also am Donnerstag, unser erster Sohn Herbert zur Welt kam und dieses Ereignis von der ganzen Belegschaft groß gefeiert wurde.

Nun einige Geschichten aus dem Alltag von Arbeit und Freizeit, die sich mir eingeprägt haben und die erzählenswert sind.

An einem Freitagnachmittag meldete sich einmal ein Getreidelieferant bei mir und sagte, er stehe im Stau und es würde etwas später, ob er noch abladen könne. Alle Mitarbeiter waren schon gegangen und so leerte ich ihn noch ab. Er kippte das Getreide in die Gosse und ich ließ es weglaufen, er ging in den Waschraum, um sich zu waschen. Als das Getreide durchgelaufen war, war es um circa eine Tonne weniger, als auf dem Lieferschein stand. Das sagte ich ihm, worauf er 100 DM aus der Geldbörse nahm und mir hinlegte. Ich sagte: „Deswegen werden es aber auch nicht mehr", darauf fragte er: „Wie viel möchtest du noch?", und legte noch mal einen Hunderter dazu, worauf ich einwandte: „Das fällt aber im Büro auf", er antwortete: „Du brauchst ja bloß eine andere Zelle aufmachen und diese Menge drauflaufen lassen, das hab ich schon oft bei anderen Mühlen gemacht." Ich steckte das Geld ein und lieferte es am nächsten Tag bei der Firmenleitung ab. Ein anderes Mal, als Herr Hastreiter abends noch einen LKW mit Getreide brachte und zu mir sagte: „Ich glaube, da stimmt was nicht", kontrollierte ich die Ladung genauer und stellte fest, dass unten verdorbenes Getreide lagerte und oben eine

Schicht gutes. Gott sei Dank war Herr Reinhard Kraemer noch da, der sofort den Lieferanten anrief, mit dem Ergebnis, dass das Getreide zurückgeschickt wurde. Es handelte sich um eine bekannte Mühle.

Der große Fund

Folgendes erlebte ich bei einer meiner Lieblingsbeschäftigungen in meiner Freizeit, dem Schwammerlsuchen.

Öfter traf ich bei meinen Touren im Perlacher Forst einen Obdachlosen, der im Wald wohnte, in einem Heim aus Zeitungsbündeln, die circa 60 Zentimeter hoch zu einem Wall aufgeschichtet waren – von den Austrägern in den Wald geworfen, um schneller mit dem Austragen der Zeitungen fertig zu werden. Ein paar Meter neben seiner Behausung fand ich einen schönen Steinpilz, den ich ihm mit den Worten zeigte: „Ich verstehe das nicht, vor deiner Haustür wachsen die schönsten Schwammerl, warum sammelst du diese nicht?", worauf er antwortete: „Guter Mann, das musst du doch verstehen, ich kann mir doch im Wald kein Feuer machen und Pilze braten." Ich sagte zu ihm: „Du kannst sie sammeln und verkaufen." Da wurde er böse und sagte zu mir: „Guter Mann, das musst du dir merken, das, was ich zum Leben brauche, das langt mir leicht."

Es gibt noch eine Geschichte über Obdachlose. Als ich einmal wie fast jeden Freitag zum Schafkopfen ging und am Tiroler Platz auf die Straßenbahn wartete, saß da ein Mann, der mich fragte, wie spät es sei. Ich sagte: „Fünf Uhr", nach ein paar Minuten sprach er mich noch einmal an und fragte nach: „In der Früh oder abends?"

Aber auch noch andere nicht so schöne Erlebnisse bei der Kraemermühle hat es gegeben. Wenn ich um sechs Uhr in die Mühle kam, ging immer mein erster Blick aus dem Fenster zum Rechenreiniger vor der Turbine. Insgesamt sechs Mal passierte es, dass eine Leiche am Wehr der Turbine lag, teils

Burgruine Dießenstein

durch Suizid, Unfall oder Verbrechen. Einmal war es eine junge Frau von zwanzig Jahren, ich glaube, aus dem ehemaligen Jugoslawien stammte sie, die sich circa 500 Meter vor dem Wehr der Turbine auszog und ins Wasser sprang – der Rechenreiniger hatte sie schon aus dem Wasser befördert und sie war noch warm –, sie beging Selbstmord, da sie ein uneheliches Kind hatte, von ihren Eltern verstoßen wurde und mit ihrem Leben nicht mehr fertig wurde. Ein anderes Mal war es ein Mann aus der Albrecht-Dürer Straße. Der hatte einen Zettel wasserdicht in seiner Hosentasche verpackt, auf dem neben seiner Adresse die Worte standen: „Derjenige, der mich findet, bekommt die fünfzig DM, Weiteres im Briefkasten." Dieses Geld wurde aber nicht ausbezahlt, sondern von der Kripo beschlagnahmt mit der Begründung, es könnten ja Erben dagegen sein. Kurz vor Weihnachten rief die Kripo bei mir an, ich solle das Geld abholen, worauf ich sagte: „Ich möchte das Geld spenden, da ich von Toten kein Geld will", darauf sagte der Mann: „Bitte holen Sie es ab, sonst haben wir noch mehr Arbeit." Ich holte es ab und spendete es.

Nun zu der schon am Anfang angekündigten Beschreibung des Ilztals. Auf einer Länge von circa 15 Kilometern, dem Umkreis, den wir als Kinder so erreichten, befanden sich sechs Mühlen, die heute meist nur noch als Kraftwerke betrieben werden, ein einziges Sägewerk ist noch darunter. Auch eine Burg erhob sich am Ufer, erbaut im 12. bis 13. Jahrhundert, die ich aber nur noch als Burgruine Dießenstein kenne und als Kind aus Angst vor dem etwas unheimlichen Ort nur im Beisein anderer besuchte.

Der jetzige Steg in der Dießensteinmühle (siehe Foto) wurde von meinem Onkel, der Mühlenbauer war, erbaut. Das andere Ufer, von den Bayern nur Bistum genannt, konnte nur zu Fuß über den Steg der Dießensteinmühle oder den Steg in der Schneidermühle erreicht werden.

Eine Brücke für den Autoverkehr wurde erst nach dem Krieg gebaut. Die Ilz bildet die Grenze zwischen den beiden Landkreisen Passau und Freyung-Grafenau (früher Wolfstein). Es gab immer Reibereien zwischen den beiden Landkreisen, wenn sich Bayern und Bistümer, getrennt durch das Wasser, gegenüberstanden, wir Bayern riefen oft hinüber: „Ihr Bistümer-Lackl, ihr Nudeldrucker, wenn euch was nicht passt, müssen wir ummi rucken."

Bei dieser Geschichte möchte ich noch etwas weiter ausholen. Dieser Ilzsteg ist eine kleine Brücke mit großer Bedeutung. Bereits 1566 erwähnt, verband sie einst zwei große Herrschaftsgebiete. Auf der linken (östlichen) Flussseite lag das Bistum Passau und auf der rechten regierte das herrschaftliche Herzogtum Bayern. Jedes Land war für seinen Teil der Brücke verantwortlich. Die beiden Herrschaftsgebiete waren sich nicht immer wohlgesonnen. 1610 ließ der Befehlshaber von Dießenstein gar die Brücke abreißen, um dem raubenden Passauer Kriegsvolk den Übertritt nach Bayern zu verwehren. Langwierige Verhandlungen waren nötig, bevor die Brücke wieder aufgebaut wurde. Als Mitte des 17. Jahrhunderts im nahen Anschießing die Pest ausbrach, rissen die Dießensteiner die Brücke erneut nieder, um sich die Seuche vom Leib zu halten. Mehr Ruhe kehrte im Laufe des 18. Jahrhunderts in der Gegend ein. Zu dieser Zeit florierte über diese Brücke ein reger Handel zwischen den beiden Herrschaftsreichen. Da Händler die Brücke nutzten, standen dort bis 1806 ein Mautposten und ein „Botenhäusl". Heute existiert nur noch die alte Dießensteinmühle, die bereits seit 1910 mit einer Turbine Strom erzeugt. Der Ilzsteg musste im 19. Jahrhundert zahlreiche Sanierungsarbeiten über sich ergehen lassen, denn die Baumstämme, die mit dem Wasser der Ilz ins Tal getriftet wurden, setzten ihm stark zu.

Von diesem kleinen Ausflug in die Geschichte nun noch einmal zurück in meine Kindheit. Als Kind hatte ich immer, wenn es zur Ilz ging, ein bisschen Salz und Zündhölzer dabei, um gewappnet zu sein, falls es klappte, mit den Händen unter den Steinen einen Fisch zu erhaschen – da konnte ich auch mein geliebtes Taschenmesser gut gebrauchen –,

Steg Dießenstein von meinem Onkel erbaut

Dießensteinmühle

der dann gleich an Ort und Stelle gegrillt und gegessen wurde. Eine Angel hatte ich nicht. Auch auf Goldsuche gingen wir manchmal, leider brachte es nichts, da es nur Katzengold in der Ilz gibt, aber den Reiz des Goldsuchens konnte ich spüren. Einmal, als ich in der Schrottenbaummühle beim Baden war und auf dem Heimweg durch den Wald ein einziges Mal einen Auerhahn sah, empfand ich das als ganz großes Erlebnis. Manchmal tun mir die heutigen Stadtkinder und Jugendlichen leid, weil sie diese Freiheit und die Verbundenheit mit der Natur nicht mehr erleben. Ich glaube aber, dass sie diese auch nicht brauchen, da für viele das Drücken auf ihre Kästchen, die Handys, die sie überall, ob zu Fuß, mit Fahrrad oder U-Bahn, in der Hand haben, um zu telefonieren, zu spielen oder Nachrichten zu versenden, wichtiger ist. In diesem Bereich oberhalb der Dießensteinmühle, der übrigens unter Naturschutz steht, bis zur Schneidermühle werden fast jedes Frühjahr die Wildwassermeisterschaften der Kanuten ausgetragen. Heute ist diese Strecke mit schönen Wander- und Radwegen ausgebaut. In diesem Gebiet und dem übrigen schönen Bayerischen Wald verbrachten wir unsere ersten Urlaube, um uns von der Großstadt München zu erholen.

Meine Frau und ich haben uns bei unserer Hochzeit versprochen, füreinander da zu sein, „bis der Tod uns scheidet", wir sind nun schon 55 Jahre verheiratet und wir hoffen, dass es noch lange so bleibt. Wie man meinen Aufzeichnungen entnehmen kann, haben wir gute, aber auch schlechte Zeiten erlebt und trotzdem immer zusammengehalten. Heute gehen viele junge Menschen davon aus, es müsste immer nur gute Zeiten geben, wenn nicht, lassen sie sich scheiden. Es gibt heute so viele alleinerziehende Mütter, die nach Unterstützung rufen, weil sie nicht zurechtkommen. Auch die Kinder leiden bei jeder Trennung mit, sie brauchen einfach Mutter und Vater, eine vollständige Familie. Hierzu fällt mir ein, die Gewerkschaft strebt eine Dreißigstundenwoche an, damit sich junge Ehepaare besser kennenlernen können und mehr Zeit füreinander haben. Ich frage mich dabei, ob es sich überhaupt noch rentiert, zur Arbeit zu gehen. Ich kenne einige Eheleute, die sich scheiden ließen, weil sie sich zu oft gesehen haben. Zum Beispiel einige von unseren Mietern im Haus in der Fasanenstraße. Meine Frau sagt des Öfteren über dieses Haus: Das ist ein Scheidungshaus.

Ein paar Worte zum Klimawandel. Ich erinnere mich an einen Winter in meiner Kinderzeit, in dem es so viel Schnee gab, dass die Schneemassen von den Dächern abgeräumt werden mussten, weil die Eltern Angst hatten, dass diese eingedrückt werden könnten. Danach lag im Hof so viel Schnee, dass, um in den Stall zu kommen, ein Tunnel geschaufelt werden musste. Es gab aber auch Winter, wo zu Weihnachten die Obstbäume blühten. Die Natur macht eben, was sie will, und braucht den Menschen nicht, aber der Mensch braucht die Natur, der ist aber dabei, sie zu vernichten, sie wird es sich aber nicht gefallen lassen. Nach Ansicht der Menschen hat sie so vieles falsch gemacht bei ihrer Entstehung und deshalb muss der Mensch überall, ob in Pflanzen-, Tierwelt usw., eingreifen und sie vermeintlich verbessern.

Was übrigens die Bio-Lebensmittel betrifft, würde mich nur eins interessieren, nämlich wie die Bienen das wissen, welche Blumen und Blüten sie anfliegen sollen, damit es Bio-Honig wird.

Früher gab es eben Salate, Tomaten, Gurken, Weintrauben und so vieles mehr nur saisonbedingt zu essen und sie schmeckten einfach besser. Heute werden diese Lebensmittel um die ganze Welt gekarrt und sind zu jeder Jahreszeit zu haben, die Menschen kaufen die Lebensmittel, obwohl sie oft kein Aroma haben, man kann sie zu Hause ja wieder wegwerfen, wenn's nicht schmeckt.

Vor kurzem sah ich einen Bericht im Fernsehen, dass Sojafutter aus Afrika in Deutschland zur Hühnerfütterung eingesetzt wird. Die durch Überproduktion gezüchteten Hähnchen, die in der EU nicht abgesetzt werden können, werden zusammen mit Hähnchenschlachtabfällen (die dadurch zustande kommen, weil übersättigte Menschen von Hähnchen z.B. nur noch die Hühnerbrust verspeisen wollen) nach Afrika ausgeführt.

Was da an Abgasen durch Schiffe, Flugzeuge, LKWs und so weiter in die Luft gejagt wird, ist unvorstellbar, im Kleinen aber sucht man, wo man einsparen könnte. Ein kleines Beispiel dazu: Bei einer Betriebsprüfung in der Kraemermühle wurde die Altölentsorgung kontrolliert und festgestellt, dass bei zwei Fässern mit Altöl, die in einer überdachten Auffangwanne gelagert wurden, in der sich etwas Wasser vom geschmolzenen Schnee gesammelt hatte, sich ein kleiner Ölfilm bildete. Der Kontrolleur sagte: „Das können wir so nicht lassen, das ist Umweltverschmutzung", ich nahm ein Stäbchen Holz, kleiner als ein Streichholz, und rührte in dem Wasser, um zu zeigen, es ist nur Wasser. Als ich das Hölzchen auf den Boden warf, führte der Kontrolleur sich auf wie ein Irrer und ich musste betteln, damit er mich nicht anzeigte. Ich frage mich manchmal, was macht die EU dagegen, aber diese muss sich ja um Gurken kümmern, damit sie nicht zu krumm sind, um die Kartoffeln, die Äpfel, damit diese nicht zu klein sind. Auch frage ich mich öfter, ob wir in unserem Land überhaupt noch diese vielen Parteien und Politiker brauchen, da wir sowieso von der EU regiert werden. Über diese Themen könnte man unendlich lange diskutieren, was aber sinnlos ist, weil der vermeintliche Fortschritt nicht aufzuhalten ist. Wenn die Entwicklung so weitergeht, kann ich mir vorstellen, dass in der Zukunft die Frauen keine Wehen mehr bekommen, sondern das Baby aus dem Mutterleib anruft: „Mami, es ist so weit, ich möchte raus."

Elternhaus

Doch nun wieder zu einem anderen Kapitel, zurück zur Familiengeschichte.

Mein Vater starb 1969 im Alter von 71 Jahren. Meine drei Brüder sind viel zu früh verstorben. Karl starb 1987 im Alter von 54 Jahren in Heidelberg an einem Sonntag nach dem Kaffeetrinken, er sagte zu seiner Frau: „Heute tut mir der Kaffee nicht gut, ich drehe eine kleine Runde." Er kam aber nur mehr um das halbe Haus herum und brach tot zusammen. Johann, genannt Hansl, starb 1991 im Alter von 59 Jahren, er war übrigens auch Mühlenbauer wie mein Onkel. Der älteste Bruder Matthias verstarb 1992 mit 64 Jahren. Als ich zu meiner Mutter einmal sagte: „Es muss schwer sein, wenn die Kinder so früh und

Mai 1962

Eltern

Eltern und Geschwister

Mutter zum 100. Geburtstag

vor den Eltern gehen müssen", sagte sie nur zu mir: „Sie waren ja so krank."Mutter war eben eine ganz außergewöhnliche Frau. Sie verstarb am 19. August 1999 im Alter von über 100 Jahren.

Wenn es einen Himmel gibt, muss sie da oben sein. Wenn man bedenkt, dass die Eltern in ihrem Leben nie einen Tag Urlaub, nie einen Tag frei hatten, immer nur Arbeit, wer könnte das heute noch leisten. Ich kann mich nicht erinnern, jemals von den Eltern geschlagen worden zu sein, obwohl wir es, glaube ich, manchmal verdient hätten. Erwähnen möchte ich noch, dass von den vielen Kindern, die sie hatten, alle auf der rechten Bahn blieben und alle ihren Weg gemeistert haben. Mit den noch lebenden vier Schwestern von mir habe ich ein gutes Verhältnis.

Vom Elternhaus her sind wir zu Ehrlichkeit, Sparsamkeit und auch zur Arbeit erzogen worden.

Für mich war es immer wichtig, im Rentenalter sorgenfrei leben zu können und nicht jeden Euro umdrehen zu müssen, was mir, glaube ich, gelungen ist. Ein altes Sprichwort sagt: „Reich wird man nicht von dem, was man verdient, sondern von dem, was man nicht ausgibt."

Genau wie heute unsere Enkelkinder hatten auch wir eine schöne Kindheit und eine glückliche Zeit, wenn wir auch nicht so viel unser Eigen nennen konnten wie die heutigen Kinder.

Erst mit der Lehre begann die harte Zeit, ich bin aber stolz, alle Herausforderungen des Lebens gemeistert zu haben. All das, was wir uns geschaffen haben, ist vor allem der sehr sozial eingestellten Familie Kraemer, mit der die gute Zusammenarbeit immer Freude machte, unserer Sparsamkeit und meiner vorausschauenden Denkweise zu verdanken. Wir sind sparsam geblieben, aber nicht arm.

Wo früher sechs Drehbänke liefen, ist heute unser gemütliches Zuhause mit Gemüsegarten, in dem wir unsere Freude haben am Garteln, auch das Stockentenpaar besucht uns nach wie vor jedes Jahr in unserem Gartenteich. Die Tiere fressen den Enkelkindern, die bei uns wohnen, das Brot aus den Händen oder klopfen an die Terrassentür, wenn niemand draußen ist und sie Hunger haben.

Mit diesem Buch habe ich versucht, die Gegensätze von damals zu heute, es ist ja nur eine kurze Zeitspanne, aus meiner Sichtweise zu beschreiben. Ich möchte kein ewiger Weltverbesserer sein, aber Gedanken mache ich mir schon, wo diese Welt hingeht, wenn der Mensch so weitermacht, schon wegen unserer Enkelkinder. Eines Tages wird die Menschheit umsiedeln können auf irgendeinen Planeten im Weltall, die Reise dorthin wird aber so teuer sein, dass nur einige Reiche es sich leisten können, was die Frage aufwirft, wer macht ihnen dort oben die Arbeit, sie selber haben es ja nicht gelernt.

Zeit, wo bist du geblieben, wo gehst du hin!